YARA

Texto e ilustrações de Margarida Botelho

Para os meninos da aldeia Kararaô que nos ensinaram o que era ser índio Kayapó:
Nhakotoró, Kokopryn, Negrenhproti, Okramé, Mopiaré, Bépkaprin, Kaiprá, Takaé, Takákhô, Bépkabé, Nokrân.

O sol já nasceu e a arara acorda a aldeia: *áááh, áááh, áááh*!
– Que fome! Está na hora do CAFÉ DA MANHÃ.
O mano sobe na palmeira e colhe um cacho de açaí. A mãe coze a farinha de mandioca e a mistura com o sumo do açaí. Logo cedo, o pai pescou um grande tucunaré (peixe). Então, comemos todos juntos.
– Hum, hum!

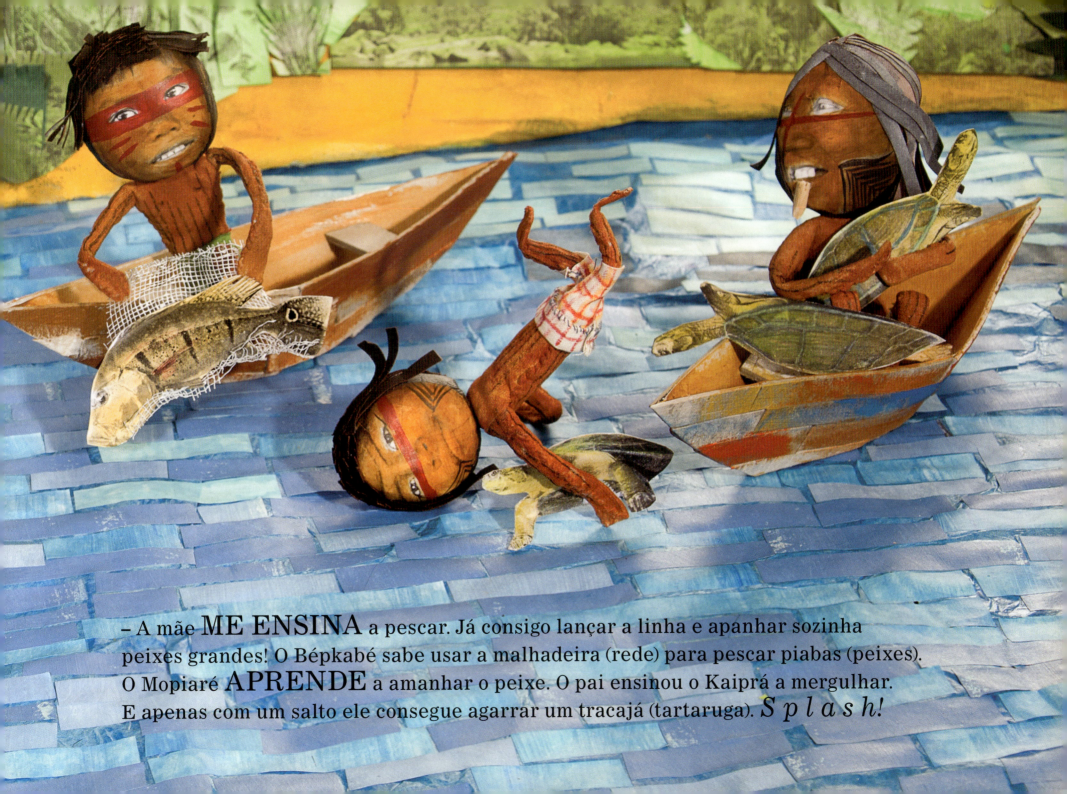

– A mãe ME ENSINA a pescar. Já consigo lançar a linha e apanhar sozinha peixes grandes! O Bépkabé sabe usar a malhadeira (rede) para pescar piabas (peixes). O Mopiaré APRENDE a amanhar o peixe. O pai ensinou o Kaiprá a mergulhar. E apenas com um salto ele consegue agarrar um tracajá (tartaruga). *Splash!*

– Gosto de BRINCAR na floresta com os meus amigos. Apostamos corrida por entre as árvores, para ver quem chega primeiro. Consigo subir na bananeira mais alta e, para minha surpresa, as bananas já estão maduras. Brincamos de canoa com as folhas grandes e largas das palmeiras. O caminho de terra molhada é o nosso rio: *vsheeee, vsheeee, vsheeee!*

– Vamos apanhar ovos de tracajá (tartaruga) para o jantar, mas precisamos ter cuidado com o JACARÉ e a onça-pintada.
– Olha, Yara, o jacaré passou pela praia! Estou seguindo as pegadas dele. A onça também atravessou para a outra margem do rio. Então, não corremos nenhum perigo.
– Fiz um arranhão... Ai, ai! Vou recolher óleo de copaíba (árvore) para curá-lo. A avó diz que o óleo desta árvore cura as pessoas quando estão doentes.

Toda a aldeia se prepara para a grande festa da Lua Cheia. A MÃE corta meu cabelo para que a minha testa seja iluminada pela luz brilhante da Lua. A tia prepara tinta negra de jenipapo (fruto do jenipapeiro) para pintar o meu corpo.
E a mana prepara tinta vermelha de urucum (fruto do urucueiro) para fazer pintura em meu rosto. No final, colocam no meu peito colares coloridos de miçangas.
– Estou pronta!

À noite, quando a Lua nasce, fazemos uma grande roda para **FESTEJAR**. E à luz da Lua dançamos todos juntos. Imitamos os movimentos do avô, que é o chefe da aldeia. Ele sabe muitas canções, histórias e danças. Nas festas, o avô usa um cocar (coroa de penas). Ao cantarmos, parece que estamos voando como as araras: *áááh, áááh, áááh...*

Partida

JOGO DO ENCONTRO

Você precisará de um amigo para este jogo.
Você será esta Yara e ficará sentado deste lado.
O seu amigo será a outra Iara.
Ele já sabe o objetivo do jogo e as regras, escute-o.
Você irá dizer-lhe que ações deve realizar, de acordo com a pedra em que ele "cair":

Ficar por 10 segundos sem se mover e, em seguida, avançar 1 pedra.

Nadar à volta da sala e, em seguida, avançar 4 pedras.

Imitar o som de uma ave e ficar uma vez sem jogar.

Dar um salto bem alto e lançar o dado outra vez.

Encher os pulmões de ar e soprar o máximo possível e, em seguida, avançar saltando uma pedra.

Dizer o nome de 3 árvores e recuar 3 pedras.

Do outro lado do rio há uma menina.
Quem é? Como se chama?

Do outro lado do rio há uma menina. Quem é? Como se chama?

JOGO DO ENCONTRO

Você precisará de um amigo para este jogo. Você será esta Iara e ficará sentado deste lado. O seu amigo será a outra Yara.

Também vai precisar de um dado e de dois peões, que serão os barcos (podem-se usar tampas de garrafa). O seu barco-peão irá marcar as suas jogadas.

O objetivo do jogo é atravessar o rio, passando pelas pedras, até chegar à outra Yara. Quem primeiro alcançar o amigo ganha. Você alcança seu amigo quando o seu barco-peão "cai" na pedra onde ele está. Nesse momento decidem juntos para qual margem querem ir. A partir do momento em que se encontram, os dois devem realizar as ações indicadas nas pedras.

Começa-se o jogo pondo cada barco-peão junto da respectiva Iara, perto da primeira pedra. Lança-se o dado. Quem tirar o número menor dá início ao jogo.

Partida

Estou **COMEMORANDO** meus 7 anos de idade. Todos cantam "parabéns" e batem palmas para mim!

À noite, depois de receber muitos presentes, sopro a vela do bolo.

Hoje é o dia do meu aniversário.
A minha MÃE está comprando
um vestido novo para mim.
– É este que eu quero!
– Estou pronta!

– Quem conseguirá passar para o próximo nível do jogo?
Agora que temos superpoderes, podemos voar. *Iupi!*
Se encontrarmos o JACARÉ, perderemos uma vida.
Mas, ganhamos vidas, quando descobrimos o ovo mágico.

– Gosto de **BRINCAR** com os meus amigos no parque. Até corridas fazemos lá. Eu subo no escorregador mais alto e depois solto as mãos e... *sheeeeeeeee*... aterrisso lá embaixo. A Rita parece um gato e sobe sempre pelas redes. O João gosta mais de trepar pelo escorregador. A Maria gosta de balançar muito alto, quase chegando às nuvens: *shiiiiiiii!*

Na tela do meu computador abro várias janelas ao mesmo tempo: APRENDO a reconhecer como são as pegadas de um jacaré, que a onça-pintada é como um grande gato com muitas pintas e que as tartarugas são répteis que põem muitos ovos em buracos que fazem na praia.

Hoje temos aula sobre o meio ambiente. A professora aponta no quadro interativo onde fica a Amazônia. Parece que é uma grande floresta com muitas árvores e animais.
A professora ENSINA que esta floresta é importante para todas as pessoas do mundo porque ajuda a curar as doenças que vamos provocando no planeta Terra.
– Fica tão l o o o o o o o o o o o o o o n g e !

O sol já nasceu, ouvem-se os sons apressados da cidade: *vruuum, vruuum, pi-piii, pi-piii.*

– Que fome! Está na hora do CAFÉ DA MANHÃ.

A mãe deixou tudo preparado. Estes cereais são os meus favoritos!

– Hum, hum!